KB003290

아심찬하게

아심찬하게

초판1쇄 찍은 날 | 2023년 7월 4일
초판1쇄 펴낸 날 | 2023년 7월 17일

지은이 | 김정원
펴낸이 | 송광룡
펴낸곳 | 문학들
등록 | 2005년 8월 24일 제2005 1-2호
주소 | 61489 광주광역시 동구 천변우로 487(학동) 2층
전화 | 062-651-6968
팩스 | 062-651-9690
전자우편 | munhakdle@hanmail.net
블로그 | blog.naver.com/munhakdlesimmian

ISBN 979-11-91277-71-5 03810

문학들 시인선 024

김정원 시집

아심찬하게

문학들

시인의 말

어디에선가 씨앗 하나 날아와 마음 밭에 날개를 접는다.

시인의 삶과 사유만큼만 그 씨앗이 뿌리 뻗고 싹 트고 꽃 피고 열매 맺은

시의 집에

마침내, 상량을 올리는 명장은 독자이다.

2023년 관방제림에서

김정원

차례

제2부 축추

제3부 나답게 존재하려고

제4부 영원한 현재

제1부

영산강 따라

(화)접도

봄이 왔으니
나비 그림 한 점 보냅니다
꽃은 그리지 않았습니다

나비가 지금 내려앉는
빈 곳이 꽃의 자리입니다
그 자리에 당신이
남국에서 온 왕처럼 들어서야
비로소 그림이 완성됩니다

화창한 뜨락에서 당신과 함께
완성된 그림을 볼 수 없어서
봄이 서러울 따름입니다

꽃달력

꽃은 농사 달력이다

조팝꽃 피면 조 심고
팥꽃 피면 파 심고
아까시꽃 피면 참깨 심고
밤꽃 피면 메주콩 심고
찔레꽃 피면 모 내고
자귀꽃 피면 장마를 대비하는
우리 어머니 아버지

작대기 놓고
1자도 모르지만
파종 시기를 놓쳐서
농사를 망친 적 없는

아주 어릴 때부터
흙과 하느님의 동무들이다

진경산수화

매운바람 불어대는
산 넘어 산만 즐비하면
얼마나 멀고 차가울까?

첩첩산중에
오두막 한 채 있어
골짜기 얼음이 녹고
버들강아지 꽃이 피고
까치 울음이 살갑다

늙은 소나무가
머리로 낳은
낮달처럼

하얀 여백에
다의성多義性 혈색이 도는
먹빛 그림에서도
사람은 풍경 그 이상의
묵시이다

이른 봄

산기슭에 진달래,
마을 어귀에 개나리가 핀다,
이제 봄이다, 하고
섣불리 마음 놓은 사람들

역습한 추위에 화들짝 놀라
장롱에서 털옷 꺼내 입고
시린 거리에 나선다

큰고니도 북쪽으로 떠나려고
작정한 날개를 폈다 접은,
풀렸던 강은 다시 꽁꽁 얼어붙고
꿈틀대던 땅에는 눈이 수북이 쌓이고

며칠 서슬 퍼런 발톱을
감쪽같이 숨긴 푸근함에
한 점 의심 없이 속은,
미쁜 진달래, 개나리는
고스란히 시들어 떨어지고

누가 어디에서 모사를 꾸몄는지
사이비 봄바람은
왜 이리도 매섭게 몰아치는가?

길고 모진 겨울이
아주 가 버리는 것이
어지간히 쉬운 일은 아니지

그러기에, 우리는
저마다 자기 자리에
우람한 소나무처럼 서서

발악하는 겨울이
마지막 한 뿌리까지 뽑혀
소매 없는 햇볕에 말라 죽고

광장에 소환된 촛불들이
손팻말을 기꺼이 내려놓고

나비 따라 어깨춤 추며
꽃구경 가는

온 산에 붉게 타오르고
온 들에 노랗게 번지는
온전한 봄이 기어코 와서
활짝 꽃필 때까지

진달래, 개나리 꽃봉오리를
지켜보아야 한다

영산강 따라

젊었을 때는
남에게 관대하고 나에게 엄격하라
하고, 다그치며
맑고 곧은 정신으로
상류에서 급하게 달렸고

나이 들어서는
남에게 관대하고 나에게도 관대하라
하고, 다독이며
깊고 넓은 품으로
하류에서 느긋이 흐른다

화학 변화

내가 밥상머리에서 두 여인에게 두 번 호되게 혼나고 두 가지 못마땅한 버릇을 고쳤다

어릴 적 아침 밥상 앞에 앉아 할아버지보다 먼저 숟가락을 든 나를 보고 어머니가 작심한 듯 꾸짖었다

"애야, 네 행동을 다른 사람들이 보면 욕한다. 버릇없는 놈, 배워 먹지 못한 집안 자식이라고. 할아버지가 숟가락을 든 다음에 네가 숟가락을 들어야 하고, 조기에 먼저 손이 가선 안 된다."

그 뒤로 나는 어른은 물론 친구보다 먼저 숟가락을 들거나 고기를 먹지 않았다 또한, 그들보다 먼저 숟가락을 놓고 밥상머리를 떠나지 않았고

혼인하고 부모를 떠나 작은 전세아파트에서 사는 어느 날, 아내가 열심히 저녁밥을 차리는데 수저통에서 내 숟가락만 챙겨 식탁 앞에 앉은 나를 보고 어이없는 듯 비꼬았다

"참 치사하네. 배려심이라곤 눈곱만큼도 찾아볼 수가 없어. 막내라서 그래?"

그 후로 맏딸인 아내와 아들딸의 숟가락 젓가락을 먼저 식탁 위에 가지런히 올려놓고 내 것을 챙기는 나에게는

밥상머리에서 두 여인에게 따끔하게 혼난 이 두 가지 일이 자못 큰 서러움이었고, 아직껏 이보다 더 깊이 마음에 새겨 몸에 배도록 버릇을 고친 훈육도 듣지 못했고, 인성 교육도 받지 못했다

거미에게 혼남

현관 위 처마에
죽은 나방과 하루살이가 만국기이다

아직 죽기 살기로 날갯짓하는 밀잠자리,
몸부림치면 칠수록 더욱 끈끈한
늪 속으로 깊이 잡아당겨
목숨을 단단히 옥죄는 거미줄

장대 끝에 빗자루 묶고 걷어내려니
어디에선가 주인이 귀신처럼 나타나
소리 없는 사자후를 토한다

'자기 집도 못 짓고
탁란하는 뻐꾸기 같은 신세에
내가 애써 지은 집을 부수려고
연장을 쳐든 고약한 놈이구나'

내면의 소리가 내리친 죽비에
잠든 연민이 번쩍 깨어나

차마, 장대를 휘젓지 못하고
계단에 얼어붙어 우두커니 서 있으니
갈대 우거진 백진강 둔치 버드나무
꼭대기에 앉은 뻐꾸기가
뱁새 집에서 새끼들을
애타게 불러내는 울음소리,
달팽이관을 파고드는데

옛날에 아버지가 농협에 수매할
쌀가마니를 새끼로 꽁꽁 묶듯
거미가 밀잠자리를 돌돌 말아
곳간에 보관하는 진지함을
경건하게 올려다보는 것이다

망각을 위한 기억

'학생도 교사도 지금 행복하자. 오늘 행복을 내일로 유보하지 말자.'라는 좌우명으로
나는 스물아홉 총각 때, 대안학교 교사가 되었다

내 깜냥에는 제법 학생들을 사랑하고 새로운 교육을 선도하면서, 인기 있는 고3 담임교사 노릇 할 적에
세 번이나 교실 청소를 안 하고 도망간 학생이 있었다

어느 날 점심때 교무실로 그를 불러 그 까닭을 묻고
잘못한 대가라고, 냉정하게 표정 관리하고,
미움의 무게를 실은 회초리로 종아리를 세게 때렸다

그날 저녁 터벅터벅 퇴근해서
'이 세상에 맞을 만한 사람이 있을까, 무엇이 맞을 만한 짓일까, 그 기준은 무엇이고, 누가 정하는가?'
하고, 나에게 곰곰이 캐묻다가
초등학교 4학년 때 쓴 누런 일기장을 무심코 펼쳐보았다

"나는 아이를 때리는 선생님이 가장 싫다."

이 부끄럽고 참담한 마음이여!
이 비루하고 모순된 인생이여!

그가 오늘 일을 망각하기 전에,
말끔히 망각하여, 내가 용서받을 기회마저 증발하기 전에

내 마음대로 사과하기 위해서가 아니라 무조건 머리 숙여 용서를 빌고
이 같은 일이, 아픈 역사가 되풀이되지 않도록 기억하려고
그래서, 참으로 마음 편하게 잊고 두 다리 쭉 펴고 잠자려고
곧장,
그의 집으로 달려갔다

무명 장갑 한 짝

배나무 아래 떨어진
무명 장갑 한 짝
가지치기했는지
거름 뿌렸는지
풀 뽑았는지
흙물 배고 누렇게

손으로 걷는 사람이
기우뚱 균형 잃고
질펀한 땅 짚은 손자국 같다

이름 모를 농부가
식구들 배부르고 등 따시게
과수원에서 땀 흘려 일하고

손 빠져나간,
엄지 끝에 구멍 난,
나무의 피가 되어가는
무명 장갑 한 짝

수없이 가지치기하고
수없이 거름 뿌리고
수없이 풀 뽑으며
젖어 살아온 수많은 날들

한겨울에도
눈물 배고 손금 닳고 닳도록
배를 가꾼다

기적

눈 쌓인 섣달 초이렛날
코로나 3차 백신 주사를 맞았다

왼팔이 아파 꼼짝하지 못하는 데다가
오한까지 났다

타이레놀 두 알을 삼키고
밤잠을 설치며 누워 있으니
별안간 전두엽을 강타하는 각성

일하고 밥 먹고 잠자고
자기 몸을 자기 뜻대로 놀릴 수 있는
사소한 동작 하나가 얼마나 소중한가

기적은
하늘을 날고
물 위를 달리는 일이 아니라
날마다 땅 위를 걷고
어엿이 사는 일이고

아, 지금 여기
내가 존재하는 것이구나!

수채화

내가 중학교 다닐 때
미술 선생님이 말씀하셨지

운동장 느티나무 밑에서
울긋불긋한 병풍산을 그리는
나에게

원색을 쓰지 말고 팔레트에 먼저
두세 가지 색을 알맞게 섞어서
김 군이 원하는 색을 만들어 쓰라

한꺼번에 여러 색을 섞으면
색이 혼탁해지니까
특히 주의하라

붓을 물에 깨끗이 씻고 진득하게 기다렸다가
도화지에 물감이 다 마른 뒤에
차분히 덧칠하라
그래야 밑그림이 산뜻하게 살아난다고

이제야 천장에 또렷이 살아나는,
밑그림처럼 산뜻하게 창작하고
덧칠하듯 두텁게 생각하며 살라는,
웅숭깊은 가르침!

많은 사람을 만나고
꽹과리 소리 나는 말이 넘쳐흘러
공허하고 고독한 날
집에 돌아와 침상에 누워서 쳐다보니

사람과 말을 적게 섞고
고요한 마음으로 강산을 거닐면
내가 그리고자 하는 생 그림이
순간마다 발자국마다
웃는 아기의 앞니같이 돋아나는 것을

연기

뒤에는 병풍산, 앞에는 담양들,
그 사이 영산강이 흐르는
내 고향 마을에 외딴 초가가 있었다

성근 싸리울로 에두른 뒤뜰에는
붉은 잎새들 떨구고 서 있는
감나무 우듬지에 까치 한 마리 앉았고

저녁이면 토방 옆 낮은 굴뚝에서
따끈따끈한 가래떡 같은
희나리의 혼백, 연기가 피어올라
깊은 마당에 푹신하게 깔렸다

그때마다 초가는
지붕 위에 게양한 초승달 나부끼며
보송한 뭉게구름 타고
어둠 속으로 잔잔히 떠가는 조각배이었다

연기가 없었다면

어깨에 멘 꼴망태의 무게를 잃고
지나다 멈춰 서서 넋 놓고 바라보던
소년과 마을과 초가는
얼마나 쓸쓸했을까

차갑고 무연한
폐가처럼

대설

하루에 20cm씩 부쩍 자라는
하얀 지우개가
사흘 동안 쉼 없이 지운다

오염을 지우고
굴곡을 지우고
차별을 지우고
부패를 지우고
악취를 지우고

파랑, 빨강, 검정을 하양으로 지우고
길과 논과 내를 평평히 지우고
골목길에서 사람을, 도로에서 자동차를 고요히 지우고
죄와 슬픔과 상처마저 지우고

죽은 은유 같은 풍경이
처음 보는 경이로운 장소가 된 세상

다시 추해지더라도 실망치 않는 것은

시린 나무마다 누비옷을 입히고
해갈과 정화를 누린 대지의 추억은
옛이야기만이 아니고
두고두고 아름답고 촉촉하고 포근하리니
원수라도 껴안고 싶은 아침

출근하는 아버지도
청소하는 어머니도

멧새도 갈대도 사슴도 장독대도
펑펑 쏟아지는 삶의 무게를
마다할 수 없이 지고
넉가래로 눈을 퍼내 길을 내듯
차갑고 가난한 하루하루를 묵묵히 지워가며
거친 눈보라 속에서도
꽃망울 터뜨리는 뜨거운 홍매화처럼
한겨울 한복판 지나는 이들

깊은 발자국마다 눈부신 사랑은

소박하고 선한 사마리아인들 늘려가며
모든 경계를 지워 버린다

풀

풀씨 한 톨은
현미경으로 들여다보아야
모습이 드러날 만큼 작아서
이 별에서 안 보인다고 할 만하다

큰 나무도 쓰러져 죽은 겨우내
아심찬하게* 살아서
애오라지 새봄을 그려온 꿈이
바야흐로 하나둘 돋아난다

푸릇푸릇
싱그러이

부푸는 꿈을 안고
푼더분하게 퍼지는 살림 지으며
푸지게 누리고
푸짐하게 나누는
푸근한 숨결

꽃과 향기와 꿀로
배부르고 화려한 몸에 마냥 사로잡혀
이웃을 등지는
닫힌 눈길보다는

배고프고 춥고 외롭던 시절을 잊지 않고
이웃에게 값없이 베푸는
열린 눈빛일 때
풀은

그대는
가장 수수하게 스스럼없이 아름답다

* 전라도 토박이말로 '미안할 정도로 고맙게'라는 뜻이다.

제2부

죽추

메꽃

남북으로 길게 갈라진
콘크리트길 틈에
메꽃 한 송이 피었다

이 땅에 덩굴로 태어나
여러 해 동안 기고 살면서
꼭 가야만 하는 길 따라
한 땀 한 땀
분단된 조국을 꿰매 온
끈질긴 염원과 분투가

굵은 초록색 생사生絲로
연분홍빛 통일 첫 단추를
야무지게 달았다

흰나비에게

붉디붉게 물들 때
너울너울 가거라

된서리 내리면
꽃은 고스러지고
단풍잎 떨어진다

절정은 짧고
사랑이 식으면
영영 그만이다

이별이 콘크리트처럼 굳고
소원이 빙산처럼 얼기 전에
본디로 돌아가거라

목숨 건 전쟁도 휴전도
신줏단지로 모신 사상도 제도도
피보다 진하다는 이념도
한낱 물거품이 되고

총알 모아 조선낫을,
철조망 걷어내 보습을 만들어
아버지의 아버지의 아버지처럼
무명옷 입고 농사짓는

평화 민족으로
통일 나라로

이유 있는 기우

1.
도무지 열대야가
가시지 않는 강가에서
달을 맞이하는 꽃은 달맞이꽃
꽃을 맞이하는 달은 꽃맞이달
달은 달빛으로
꽃은 꽃잎으로
떠들썩한 고요의 샛노란 아우성이
지천이다
천지이다

2.
인간이 지나치게 먹고 쓰고 버리고 막대한
하나뿐인 지구가
중병을 앓다 돌이킬 수 없이
병풍 뒤에 누워 뻗으면
달은 어떻게 될까
후손은 어떻게 될까

3.
캠핑카가 즐비하고
스티로폼, 플라스틱이 덧쌓이는,
도무지 염천이 멈추지 않는 강가에서
나만 굳이 사서 하는
걱정이 아닌 듯하다

4.
무수한 자동차가 고속도로를 달리고
수많은 비행기가 하늘을 날고
울창한 열대우림이 목장으로 바뀌고
거대한 도시가 불야성일 때
빙하가 녹아 갯벌이 보이지 않고
물개가 사라져 비쩍 마른 곰이
새알을 깨 먹고 순록을 잡아먹는,
기이하고 수상한 아디다스 모기가 득실거리는
북극

5.

바닷물이 불어나
바닷가 마을부터 잠기고
기후가 걷잡을 수 없이 요동쳐
호모 사피엔스 사피엔스가
공룡 화석이 될 날이
생각보다 머지않아 보인다
녹아내리는 빙하는
지구가 흘리는
마지막 눈물

6.

탄소와 핵 발전소를 줄이고
재생 에너지를 늘리고
돈보다 흙을 만지고
고기보다 푸성귀를 먹고
해 뜨면 일어나고 해 지면 자는 생활로
에코 사피엔스 사피엔스가 되어
기후 위기, 나의 위기를 넘기고

지구가 눈물을 그치게 하는 일이
정의이고 평화이다

성탄 전야

찬바람 불고 눈 내리지만

아련한 구세군 종소리 정겨운 밤

막다른 골목길 커피집 주인은 내내 쓸쓸했다

나는 커피잔을 들고나와 뒤돌아서서

내가 마지막 손님이 아니고

가게 문을 닫을 때까지 주인이 외롭지 않게

시린 손님들이 자주 찾아오길 바랐다

처음으로 사람다운 사람이 된 것 같은

이런 생각을 하는 이 마음이 커피보다 더 따뜻하게

나를 데워 주고 있었다

산타 할아버지가 진땀 나게 오르내리는

굴뚝에는 연기 그치고

착한 아이들 가슴이 두근두근 뛰는 밤

빛나는 눈물

밤마다 밝게 빛나는 별도
가끔은 매지구름에
얼굴을 파묻고 운다

마파람 슬프게 부는 날이면
훌쩍훌쩍 비가 내린다

복받쳐 흘러내리는 눈물로
슬픔이 잔뜩 쌓인 먼지를
개운하게 씻은 미루나무가
멧비둘기에게 긴 팔을 내밀어
함께 한들한들 춤추고

깊게 파인 길은
저수지 되어 별이 잠긴다

눈물은
메마른 검불 같은 대지의 목마름과
가슴에 뭉친 응어리를 풀어주는 진주

아픔을 보석으로 만든 조개에게
축복이 상처로 변장한 훈장

어두울 때 더욱 빛나는 별이다

고병수 형

낮에도
밤에도

혼자일 때도
여럿일 때도

일터에서도
밥상에서도

멀리 있을 때도
곁에 있을 때도

통화할 때도
대면할 때도

고향에서도
타향에서도

기쁠 때도

슬플 때도

고울 때도
미울 때도

살아도
죽어도

그리운 것은
사람이었다

창조 정신

높이 멀리 날고 싶으면 과감하게
버려라

좋아하는 것, 금과 은도
버리고

오늘은 이것, 내일은 저것과
작별하고

버리고 작별한 것을 뒤돌아보지 말고
버리고 작별한다는 의식도 없이

안주라는 집을 훌쩍 떠나서 길들지 않고
뼈를 깎는 고통으로 고통을 구원하고

안에서부터 자신을 깨고
변화하며

다른 사람이 가지 않는 길로 단호히

나아가라

가다가 고독하다면
그대는 옳게 가고 있다
그대 자신에게 이르는 방향으로

찬 서리 내리는 새벽하늘
높이 멀리 날기 위해서
기러기는 뼛속까지
비운다

글쓰기 자세

불을 찬찬히 올려다보면
밑에서 둥그스름히 돋아
위쪽으로 좁게 자라다가
끝에서 뾰족이 맺는다

불을 거꾸로 내려다보면
꼭 글을 머금은 붓 모습이다

밥 짓고 구들 덥히는 군불처럼
붓을 부드럽게 움직여야
상선약수 같은
고운 글이 흐른다

그 글이
묵은 정신에서 때를 씻어내고
포근하게 온 마음을 살찌운다

그러나 모두 집어삼키는 산불처럼
붓을 마구잡이로 휘두르면

망나니 춤 같은
거친 글이 날뛴다

그 글이
사람들 마음을
더럽히고
망가뜨리고
찌르는

그만 비수가 되고 만다

죽추*

다른 사람들이 쉬이 내려가는 큰길에서
혼자 게걸음으로 좁은 샛길로 빠져 퍽퍽하게 거슬러 올라가는
불온처럼

다른 초목들이 앞다투듯 꽃 피우고 새싹 내밀며 출발할 때
홀로 한 철이나 뒤처진 듯 허옇고 푸석한 낙엽을 흩날리는
대나무를 보고

지나치는 사람들은 한숨 쉬며 말하지
지난겨울에 냉해를 입어 말라 죽는다고

그건
대숲에 남동풍 부는 저녁
새색시가 대청마루에 치맛자락 끄는 소리보다 가벼운 푸념이거나
무지의 발설

봄은 가을이지
할머니 머리처럼 단풍 든 이파리를 떨구고
깐깐한 대 뿌리가 부드럽게 잉태한,
껍질에 싸인 지구의 뿔을 출산하는 대나무에게는

마디마디 새파랗게

외로운 샛길이 즐거운 큰길이고
옆으로 가는 것이 앞으로 가는 것이고
거꾸로 가는 것이 바르게 가는 것이지
무쇠가 된 편견과 관념을 비워버린 세계에서는

* 대나무의 가을[竹秋].

짜장면

아들 대학교 졸업식이 끝나고
빛바랜 추억이 될 사진을 찍다가
구수한 옛일이 허기지게 손짓하는
중국 음식집에 들어갔다

아들과 나는
짜장면을 게 눈 감추듯 먹어 치우고
수타로 쫄깃하게 요리해준 주방장에게,
고맙습니다, 하고 따뜻한 마음을 전했다

초등학교 졸업하던 날
식구들과 읍내에 가서
처음으로 짜장면을 먹던, 춘장처럼
새까맣던 시골 아이, 나는

검은 양복을 차려입고
계산대에서 돈을 받는 사장보다
하얀 두건을 눌러쓰고
부엌에서 면발을 뽑는 주방장이 되고 싶었다

그 주방장은

겨울 텃밭에 버려진 시금치 같은 나에게

짜장면을 벗어날 수 없도록

황홀한 종신형을 선고한

선악과 맛의 창조자이었다

부모

큰비 온 날, 강이 말했다

– 흙탕물과 쓰레기와 고통을 흘려보내서 죄송해요.

바다가 다독여주었다

– 괜찮아. 네 잘못이 아니야. 그리고 너는 강이지만, 나는 바다야. 다 받아.

바나나

영락없이 야구 글러브와 사촌이다

모잠비크에서 나고 자라 한국 시장에 온
할아버지 얼굴에는 날로 검버섯이 늘어간다

살갗이 차가운 이국 세파에 시달리며
배꼽이 처지고 눈이 희미해질수록
고향은 더욱 또렷하고 아늑해서
몸빛이 아시아에서 아프리카로 돌아가지만
새파란 것은 모른다

시나브로 하나씩 하나씩 떨어져 나가
치기나 천박이 죽죽 벗겨지는 유연함과
그 속에 무르익은 인생의 밀도와 당도를

진담

경기도 양구 보병 대대에서 제대하고 대학에 복학한 아들

4학년 1학기 마치고 기숙사에서 집에 내려와 방학을 보내는
보슬비 내리고 입이 궁금한 여름날

점심 먹고 두어 시간 지난 뒤
내가 까닭 없이 출출하다고 아내에게 감자를 삶아달라 했더니
곁에 있던 아들이 갑자기 떠올랐는지 군대 금언이라고 한마디 거든다

먹어도 배고프고
자고도 자고프고
쉬어도 쉬고프고
놀아도 힘들어요

육군 병장 만기로 전역한 아들과 아버지가 모처럼 죽이

맞은 이야기에
  군대 갔다 온 대한민국 사병들은
  모두 손뼉 치며 씁쓸히 웃으리라

  맞다, 맞아!

명퇴

싸리울 밖에서 날아온
백로야, 앉지 마라
연잎도 흔들리지 않는,
맑고 고요한 내 마음의 연못이
출렁이고 흐려질라

악취 나는 수렁 속을 숨기고
파란 하늘을 담지 못하는,
아첨하는 이방처럼
촐랑대는 흙탕물이 싫어서,
남들이 가는 길에서 빠져나와
옛집에 칩잠하여

제물과 권력과 상관없는 일,
나답게 사색하고 읽고 쓰고
꽃이랑 나비랑 잉어랑 어깨동무하고
날 듯 걷고 노래하고 춤추면
뮤즈가 찾아온난다

제3부

나답게 존재하려고

저물녘

태풍, 가뭄, 도열병을 이기고
원로처럼 고개 숙인 나락에게
애 많이 썼다고
동구 밖 논길에 서서
가슴에 두 손 모으고
머리 깊숙이 숙여 절합니다

농부님, 미안합니다
하느님, 감사합니다
손톱 밑에 흙 한 점 끼지 않은
제게도 쌀밥을 주시다니!
붉은 서쪽 하늘 쳐다보다
눈시울 시려 집으로 돌아갑니다

가로수 아래서

노랑나비가 죽은 참새의 눈물을 마신다

윤사월 햇볕 따사로운 한적한 한길에

안녕, 하는 넋인 듯 아지랑이 피어오르고

비탈진 차밭에 작설이, 짹짹짹, 지저귄다

* '참새의 혀' 같은 새잎을 따서 만든 차가 작설차(雀舌茶)이다.

나답게 존재하려고

앞뒤 재지 말고
떠나야 해

길을 찾으려면 먼저
길을 벗어나
길을 잃어야지

광야가 끝없이 펼쳐진
낯선 길 그 자체가 즐거운
목적이고
방랑이고
예술이고
꿈인 거지

꿈을 깨면
새장에 갇힌 앵무새처럼
날지 못하고
남의 말만 따라 사는 거지

그것은 죽기도 전에
이미 죽어 버린 삶이지

꿈은 이루는 게 아니고
계속 그리는 신세계 지도,
미래는 장소, 그 장소는
꿈꾸는 자에게 오늘이 되고

또, 내일을 기다리며
꿈을 찾아, 나를 찾아
닳은 문턱 넘어 넓은 길 밖으로
목자를 떠난 양 한 마리가

집을 나간 탕자가
가까운 길 멀리 에돌아와
아버지에게 말할 수 있는 거지
유언처럼

'이 세상에

나만의 이야기로,

나만의 무늬로,

나답게,

나는 존재했어요'

상보를 사색하다

네모난 무명천에
꽃과 나비를 수놓은
오색 상보를 들춰본다

상보를 인생에 비유하면
앞면이 전반부이고
뒷면이 후반부일 터,

뒷면은 앞면처럼
색상이 두드러지거나
그림이 아름답지도 않지만

앞면에서보다
뒷면에서 더 많이
나는 배우고 얻는다

바늘이 어떻게 움직이었고
실이 어디로 갔는지
뒷면을 보면 알 수 있고

음식 냄새나 얼룩 같은
궂은일을 도맡은 뒷면이
앞으로 앞면이 가야 할 방향과
한 삶을 결실하기 때문이다

사람이어서 부끄럽다

호젓한 해거름에 혼자 걷는다
수풀 우거진 강둑에

냉장고, 텔레비전, 타이어, 소파, 이불, 사기그릇, 스티로폼, 페트병, 비닐봉지, 깡통, 플라스틱 커피잔……
온갖 것들이 버려져 있다

버려진 저것들이 쓰레기가 아니라
양심을 버린 사람들이 쓰레기라고

허리 부러진 망초가 욕하는 소리 들리는 듯하여
오던 길로 서둘러 되돌아가는

내 낯빛이 붉어진 까닭은
노을 때문만이 아니다

늦반딧불이

젖먹이의 눈빛 같은 일급수는 살리는 자이다

슬기 많은 다슬기는 물속에 잠긴 별을 먹여 키우는 어머니

반짝반짝 날아다니는 성인이 된 작은 별

물소리 줄기찬, 드넓은 검은 도화지에

꽁지로 형광펜 쥐고 휘이익, 거침없이 그리는

대나무 활처럼 부드럽고 낮은

산 산 산 산 산 산 산 산 산 산

새벽까지 귀뚜라미 울음소리 넘쳐흐르는

강변이 첩첩산중이다

신호등 꺼진 그녀를 찾아 헤매는 그에게

땅심

밤새워 앓은 소리가
아침까지 피 흘린다

엉망인 언덕길에
비바람에 넘어진
키다리 익모초

삶은 쓸개즙처럼 쓰고
도중에 주저앉을 일 많지만

비바람 그치고
해는 또 떠올라

가까스로 일어서려고
의자 모양으로 구부린
고개를 하늘로 쳐들고
하얀 꽃을 피운다

살점이 떨어져 나가도

뿌리를 놓지 않는

어머니의 고봉밥,
한 줌 흙의 힘이다

피 흘려 배운 점

담장 넘어 고샅으로 달리는,
무진장 끌리지만 까칠한 장미
덩굴을 자르다가 가시에 찔려
핏방울 솟는다

전지가위 내려놓고
아리고 피 나는 엄지를
꼭 누르고 얼핏 바라본
이웃집 탱자나무 울타리

물이 모래를 새어나가듯
바람이 그물을 빠져나가듯
가시에 찔려 피 흘리는
뱁새 한 마리 없이
우르르 통과한다

뱁새가 황새 흉내 내면
가랑이 찢어지고
황새가 뱁새 따라가면

온몸이 찔려 죽는 일

황새는 황새대로
뱁새는 뱁새대로

크나 작으나 존재마다
할 수 있는 일이 있고
할 수 없는 일이 있는 법

신이 만든 그 법을 따라
우주가 순조롭게 돌아가고

자기 깜냥, 분수를 알고
담장 아래 민들레처럼
낮추는 삶이 높아지는 삶이고
존중하는 삶이 존중받는 삶이고
찔림이 깨달음이고
아픔이 성장임을
말로 가르치지 않고 예리한 몸으로
덩굴장미가 보여줄 뿐이다

뒤엎기

헌책을 재생해
백지를 만들듯

단순하게 살려고
복잡하게 살았고

무지를 배우려고
지식을 쌓았구나

무한한 침묵으로
수평을 노래하고

갖은 파도도 마다 않고
앞으로 나가는 배처럼

초월하고
내포하는

단순함과 무구여

인생이 추구하는

행복의 밀물
의미의 심해

넓고 파란 바다에 이르기까지
나는 내 좁은 강 격랑 속에서

셀 수 없이
익사했구나

동반자살에서 동반살자로

죽음보다 버겁고 두려운 삶에
밀리고 밀리고 또 밀리고
더는 밀려날 데도,
나아갈 곳도 없는 벼랑 끝까지
자기를 밀고 간 여인

시퍼렇고 아찔한 강물에
아이를 먼저 던지고
뒤따라 자기도 투신하려고
후들거리는 두 팔로
아이를 머리 위로 쳐들었는데

공중에 뜬 아이가
눈을 맞추고 해맑게 웃으며
엄마에게 말했다네

"엄마, 사랑해요."

'아, 내가 지금 무슨 짓을 하는 거야.'

불현듯 제정신이 아니었음을 깨달은

새파란 홀어미가 아이를 업고
기어 내려오는 벼랑길 내내
뜨거운 눈물이 앞을 가렸다네

피서

지난해 오월, 광주 아파트에서
담양 단독주택으로 이사하고
이윽고 첫 여름을 맞는다

군청에 신청한 태양광 설치가
일 년 뒤로 미루어지고

전기세가 분수처럼 올라
땀나게 전자상가까지 가서도
해 지난 중고에어컨조차 선뜻
집어 들지 못하고 돌아온 날

푹푹 찌며 극성을 부리는 무더위를
피할 수 있는 뾰족한 수가 없어
마당에 텐트 치고 야영을 한다

뜨락에 피는 꽃과
커가는 나무 열매를 가까이에서 보며
자원도 아끼고 자연도 보호하자고

밤마다 별자리 헤아리며 동시를 쓰고
개밥바라기가 반짝이면 랜턴을 켜
텔레비전 없는 독방에서 오롯이
독서하기에 좋다고

풀벌레가 연주하는 결혼 행진곡 따라
사랑스러운 사과가 볼 붉게 화장하고
시집가는 날까지

찜통더위도 잠깐이다, 조금만 참자,
어떻게든 건강하게 여름을 나자, 하고
그럴싸한 핑계와 구실로

나보다 더한 밑바닥에 깔려
질식할 듯한 사람들을 생각하며
불평이 불쑥불쑥 치솟을 적마다
다독다독 잠재우고

방에서 마루까지 참 멀리도 피서와
명경 같은 물이 철철 흐르는
산골짜기도 없는 시골집에서
시원한 상상 속에 탁족을 즐기며
얼음물에 미숫가루나 타서 마시는 것이다

화이트 크리스마스

노동조합 활동, 대안교육 운동, 지역사회 민주화, 가장 노릇에 어제도 오늘도 최선을 다하는 최선이랑, 내 아내와 아들딸이랑, 고요한 밤 거룩한 밤

우리 집 식탁에서 저녁밥 대신 담양 막걸리 '대대포' 모신 밤

아, 기쁘다, 구주 나신 밤

사람이 이웃과 함께 마시고 노래하고 춤추며 즐겁게 살고, 언제나 어디에서나 행복하라고 이 미친 세상에 주님이 오신 것

주님이 오신 뜻대로 걱정 없이 거나하게 취하고 세기말처럼 밤도 깊었으니 집으로 돌아가는 일이 최선인 최선에게 노모 드시라고 나주 배 한 상자, 문우가 낸 따끈따끈한 시집 한 권 안겨주고, 우리 부부가 배웅하는 밤

달빛 내려 목화 같은 눈꽃이 환하게 핀, 삶의 질이 상급인 신흥마을 앞 죽녹원에서 부엉이가 별나게 뒤척인다

완전함에 다가가기

비바람에 기운 나무가
기운 나무에 기대고

뒷다리 하나 부러진 메뚜기가
어린 메뚜기 업고 뛰며

어린 딸이 눈먼 아버지 손잡고
한길을 간다

하느님이 거룩함을 감춰두시기에
가장 좋은 곳은
어디에나 있는 불완전한 사람의 안

완전한 구석이라곤 찾아볼 수 없다고
탄생을 부질없이 한탄하기보다는
겸손하고 진지한 삶으로
불완전함에 숨은 뜻과 거룩함을 발견하고

모두 불완전하게 태어난 세상에서

완전함을 요구하는 일은
신의 뜻과 섭리에 역행하는 것임을 깨달아

나의 불완전함을 용인하고
남의 불완전함까지 끌어안는

그 사람이
완전함에 다가간 사람이다

새가 되어 봐요

새가 되어 봐요

가는 나뭇가지에 앉은
가냘픈 새처럼

가는 나뭇가지가 휘어도
자기 날개를 믿고

가요를 부르는 새처럼

갈 때가 되어
가는 가을바람 따라

나래 쳐도 흔적 없이
노을 지듯 서쪽 하늘로

방금 떠나갔는데도
벌써 그리워서

가는 나뭇가지가
가볍게 손 흔드는

가뿐한 삶이 되어 봐요

제4부

영원한 현재

어머니의 무게

한쪽에는 세계 전부를 올려놓고

다른 한쪽에는 어머니를 모셨다

천칭 저울이 어머니 쪽으로 기울었다

오월의 뜨락

더덕 덩굴이 공손하게 손 내민
장미에는 억센 가시가 나 있다

그런데도 더덕 덩굴은 향기 품어
가시 돋친 벗을 돌돌 감싸고
바람에 쓰러지지 않게 함께 오른다

강함에 굴복하지 않고 옳음으로
강함을 안고 넘는 유연함이
진정한 강함이라고

자기를 찌른 칼을 오래 품어
자기 살이 되게 하는,
성인 같은 흙처럼

그 둘레에는
풀벗들이 무성하다

향수병

작달비 쏟아지는데
새 한 마리 날아간다

화창한 날보다 두 배로
힘들여 날갯짓한다

한 치 앞이 안 보이는
무거운 잿빛 하늘에

유일한 안내자는 고향으로
지남철처럼 끌어당기는 그리움

길도 없는
끝없는 길에서

머리에 떨어지는 빗방울을
진군 북소리 삼아

자기를 찾아 완전한 귀향으로
새 한 마리 날아간다

첫눈

이른 아침
창문 열고

"눈 왔다!"

나도 몰래 터져 나오는
어린아이 같은 환성에

깜짝 놀라
잠옷 바람으로
방에서 마루로
달려 나온 여인도
눈을 비비며
내뿜는 탄성

"오-매, 눈 왔네!"

소리도 없이

하룻밤 사이
별별 차별 다 덮고
온통 새하얗게
바꾸어 놓은 세상

숫눈에 첫발을 내딛는
의로운 사람아
보라

눈부시게 찬란한
저 무혈혁명을!

누치 요리

민물고기 비린내를 없애려고
양념을 자꾸 첨가하는 사람은
풋내기 요리사이다

능숙한 요리사는
민물고기 비린내를
굳이 없애려고 하지 않는다
되도록 첨가물을 삼가고
깨끗한 물에서 자란 민물고기를 고른다

깨끗한 물에서 자란 민물고기 비린내는
비위도 상하지 않고
사람 건강에도 만점

시를 요리하는 일도 이와 같다

꾸미는 말보다 꾸밈없는 말로
정직한 삶을 힘 빼고 받아쓰면
시가 거북스러운 비린내를 내지 않고

보기도 좋고 개운한 게미도 있다*

* 전라도 토박이말로 '게미도 있다'는 '맛도 난다'는 뜻이다.

살아남은 자에게

지금은 프로메테우스 같은 영웅이 없다
정의와 평화를 위하여 불같이 싸우다가
용기 있는 자는 벌써 다 죽었다

솔직히 살아남은 자는 비겁하다
용기 있던 사자들에게 부끄럽게도
나는 비겁해서 살아남았다

살아남으려고
걱정 근심, 불안, 두려움이
끊이지 않았던 조상의 자식인
존재의 DNA는
걱정 근심, 불안, 두려움

당신의 잘못이 아니니
비겁함을 용서하고
걱정 근심, 불안, 두려움이 선사한
겸손과 연대와 기도로 살 일이다

존재가 가볍고 슬퍼도
삶은 계속되어야 하고

어떠한 조건에서도 살아감이
대견한 구원이고
불의에 대한 저항이고
사회 부조리에 대한 통쾌한 복수임을
자각한 주체로

평범하고 닮은 이웃과 더불어
유구한 지구와 인간 역사를 이어가며
길고 안전하게 살아가는 당신도
프로메테우스 못지않은 영웅이다

여분

싱싱한 무청이
그늘진 처마에 매달리고
도마 위 가장자리에
절반의 절반만 남은 무

절벽이다

냄비에 담긴 동그랗게, 또는
주사위같이 토막 난 것들

또한 절벽이다

온 삶이
캄캄한 지하이었고
가파른 뿌리이었기 때문이다

맨몸으로 은갈치를 안고 끓거나
붉은 생채로 오를 식탁에서
창밖에 내리는 비를 바라본다

아무리 두껍고 우울하고 시꺼먼
누비이불 같아도 비 그치면
구름은 빛나는 황금알을 낳고

새 울고
맑은 시냇물 흐르고
꽃이 활짝 피던

아득히 먼 엊그제 같은 청춘은
여전히 아찔한 절벽이지만
무척이나 경이롭던 시절이어서
돌아보지 않아도 가슴이 뛴다

시간은 절벽에서 떨어져 나와
거침없이 수직으로 추락하는
날카로운 바위 조각

그 조각에 쉽게 잘린 싱싱한 무청은

그늘에서도 금세 마른 시래기가 되고

먹구름에서 번개 한 번 번쩍인 찰나,
육십여 년이 후딱 잘려 나간 나에게
절반의 절반이 남았을까

도무지 알 수 없이
어제 죽은 사람이 가장 살고 싶었던,
내 생애에 가장 젊은 오늘을 살아간다

남은 나를
강아지처럼 앞세우고
동네 한 바퀴 돌듯이

영원한 현재

작렬하는 뙤약볕이
대나무 울타리 틈에서
기린 목 하나 끌어당긴다

외로운 꽃대 머리에는
푸른 잎을 볼 수 없는 운명

그 운명을 사랑하는
연분홍 상사화가
확성기 네 개를 내밀고
사방에 향기로 전언한다

우리 마을 이장님이
비가 쏟아지다 뙤약볕 나고
뙤약볕 나다 비가 쏟아지는
변덕스러운 날씨에 유의하고
어르신들 오가는 비탈진 골목길
조심하라고 경고 방송하는 장마철

나무마다 매미 울음이 낭자한데도
소리 없는 꽃향기 소식을 들은
벌 나비는 앉았다 금방 떠나거나
아예 꽃에게 날아오지 못하는
솔찬히* 후덥지근한 시대는 혼돈이지만

무질서 속에 질서가,
질서 속에 무질서가 있고
규범보다 예외가 더 많은
우주는 변화이고 삶은 견해이다

예술도 학문도 종교도 사상도 사람도 하늘도 땅도
풀 한 포기, 돌멩이 하나도
어제와 똑같은 것은 없다

숨 탄 모든 것은 순간이고
영원한 것은
늘 우주를 새롭게 하려고
생성과 소멸을 반복하는 변화뿐

실은, 강물 같은 현재가 영원이고
누구에게나 무자비하고 공평한
시간에는 대기실이 없다

* 전라도 토박이말로 '꽤 많이'라는 뜻이다.

좋은 이웃을 만나려면

대밭을 에두른 갓길에
쪼그려 앉아 사진을 찍는다
붉은 나팔꽃에 입 맞추는 노랑나비

입추 지나고, 지나던 바람이
치렁하게 가리고 있던 강아지풀
치맛자락을 살짝 들어올린다
나팔꽃과 나비가 서로 끌어당기는
사랑이 얼핏 보이도록

옆집에서는 격렬한 중매쟁이 벌이
울타리 꼭대기에서 헛발 딛는
눈 높은 계요등 찾아와
윙윙, 싸리문 두드린다

아침저녁으로 시원해지면서
바빠진 노총각 매미가
쇠 가는 소리를 내지르는 백합나무에
뭉게구름 그림자가 쉬어가고

모두 익어가는 길에서
겨울밤에 들어 영생할 집은 가깝고
여생에 '내가 무엇을 할 것인가?'에
올바른 답을 찾아서

'나는 누구인가?' 하고 먼저 제대로 묻고
좋은 이웃을 많이 만나려면
울타리 치우고 향기로운 꽃이 되자,

푸짐한 꽃 잔치에 참여하여
나비와 함께 둥실둥실 옹글게
우주가 추는 한 춤사위가 되자, 한다

여행

아름다운 산, 들, 바다,
예쁜 마을을 둘러보고
유서 깊은 박물관에서
예술작품을 감상하고
색다른 음식을 맛보고
낯선 사람을 만나고

초등학교 때
화장실에도 안 간다고 생각한 천사,
처녀 선생님 같은 여정이라도

목적지에 닿자마자
고상한 사색은 깨지고
황홀한 경치는 사라지고
기껏 화장실로 달려간다

인생이 이렇다

관방제림에서

느티나무는 새싹이 온전히 돋았고
푸조나무는 움이 보일락 말락 한다

옥녀봉 봉긋한
남산은 빈틈없이 푸르게 우거지고
그늘 짙은 기슭에

커다란 촛불이
어깨동무하고 연두연두 타오르는
메타세쿼이아

가로수길 따라
꽃과 잎처럼 백진강처럼 세대처럼
크고 작은 차들이 쉼 없이 오고 간다

노을 비켜

고故 고나갈라 무나우페르

나는 스리랑카 사람입니다
이름은 고나갈라 무나우페르입니다
돈 벌려고 한국에 온 외국인 노동자입니다

어머니가 암에 걸려 치료비가 절실한
가난한 가장이기도 합니다
그래서 늘 어깨가 무겁지만
이태원 한 지하 쪽방에서
스리랑카 친구 셋과 형제처럼 우애하고
성실히 살아갑니다

술, 담배, 비싼 음식을 삼가고
오직 두툼한 예금통장 들고 귀향하여
웃음꽃 필 가족만을 생각하며
즐겁게 일하다가
어찌다
2022년 10월 29일 저녁 이태원에 갔습니다

일어날 수도 없고

일어나서도 안 될 인재,
해밀튼 호텔 인근 도로에서
인파에 휩쓸려 압사당했습니다

향년 27세!

돈 많이 벌어서 행복하게 해주겠다는 기약을
부푼 가슴에 안고 오매불망 고대하는,
꽃보다 예쁜, 임신한 지 3개월 된 아내를
스리랑카에 남겨두고

참사에 아무도 사죄하지 않고 책임지지 않는
잔혹한 패륜 정부,
쓰라린 역사를 잊지 않고 반짝이려고
먼 이국땅 어두운 서울 하늘에 별이 되었습니다

코페르니쿠스의 지동설처럼

가장 멀리 떨어진 별빛이
가장 늦게 이르듯이
가장 빛나는 사상은
가장 늦게 이해된다

그대의 때가 사뭇 늦게 온 것은
그대가 너무 일찍 왔기 때문이다

인간 안에 있는
최대의 가능성을 믿는 마음이
질긴 고독의 독성을 해독해가며
면역력을 강화한다면

동시대 사람들이
그대의 사상을 오해하고 비웃는 일이
꼭 나쁜 것만은 아니다

시대에서 멀리 떨어질수록
시대를 크게 바꿔 놓을

그대의 사상은

그만큼 위대한 사건이기 때문이다

내재성

겨울이 온다고 차가운 바람이 겁을 주었다

그는 나락을 벤 조선낫을

벌거벗고 맞서는 당산나무 가지에 걸어두었다

피가 끓고 새 생명을 잉태하는 힘이었으므로

당산나무는 되레 혹한을 환대하였다

조선낫은 녹슬었지만, 그는 잃지 않고

겨우내 자신을 갈아 날을 벼리는 숫돌을 찾았다

운명을 사랑하고 자기를 극복하는

드물고 고귀한 당산나무가 품었던 것

| 해설 |

서정과 실존의 동행 그리고 근원에 대한 천착

김규성 시인

1.

남도는 오랫동안 자연 친화가 주조를 이루는 서정시와 현실 비판을 기조로 하는 참여시가 공존해 왔다. 외견상으로 보면 현실 긍정에 토대를 둔 서정시와 현실 비판을 기조로 하는 참여시는 성격상 서로 상반되는 장르다. 전자는 언어와 감성의 순수 미학을 주조로 하는 전통적 서정에 초점을 맞추지만, 후자는 부조리한 현실 개혁을 목적으로 구체적이며 치밀한 리얼리티를 추구하기 때문이다. 그러나 대부분의 남도 시인들은 두 장르를 자연스럽게 넘나들며 격의 없는 시적 토양을 다져왔다. 인간의 존엄과 생명애를 바탕으로 진정성을 추구하는 시는 장르를 떠나 그 본질과 궁극적 목적에서 크게 다르지 않다는 사실을 입증한 것이다. 이는 남도 특유의 지리환경과 역사 그리고 그로부터 분출된 공동운명체적 공감대가 관습처럼 다져져 있기에 가능했다.

김정원은 광주 근교 담양의 농촌에서 나고 자랐다. 학교도 광주에서 마쳤다. 그리고 대안학교 한빛고에서 퇴직하고 고향에 여생의 봇짐을 풀었다. 그는 여행, 출장, 군복무 등, 불가피한 외출을 제외하고는 평생 고향을 떠나 본 적 없는 남도 토박이다. 그래서일까. 그의 남도 사랑, 이웃 사랑, 가족 사랑은 유난하리만치 각별하다. 이는 그가 영문학이나 영미시의 모더니즘에 연연하지 않고 한국의 서정시, 특히 남도의 서정시에 몰입하게 된 배경이다. (에즈라 파운드, 엘리엇보다 예이츠, 프로스트의 시풍에 가까운) 김정원의 시세계는 남도에 대한 천착과 남도인의 남다른 긍지가 요체다. 그 기본 정서는 자연과의 혼연일체와 사회적 부채의식이 주조를 이루는데, 전자는 곡진한 서정으로 내면화되고 후자는 현실 비판적 리얼리즘으로 외부화된다. 그리고 마침내 두 장르를 내밀한 사유의 질화로에 담아 흠집 없이 녹여낸다. 여기에서 남도 고유의 서정시는 통시적 비중과 깊이를 더한다. 권두시 「(화)집도」는 그 사실을 입증한다.

봄이 왔으니

나비 그림 한 점 보냅니다
꽃은 그리지 않았습니다

나비가 지금 내려앉는
빈 곳이 꽃의 자리입니다
그 자리에 당신이
남국에서 온 왕처럼 들어서야
비로소 그림이 완성됩니다

화창한 뜨락에서 당신과 함께
완성된 그림을 볼 수 없어서
봄이 서러울 따름입니다

—「(화)접도」 전문

화자는 한 폭의 담아한 수채화를 빌려 전통서정시의 진수를 선보이며 자연친화적 정감을 십분 발산하고 있다. 꽃은 자연의 미학적 자태와 향기를 표상하는 결정체다. 아울러 열매를 맺기 위한 사전 작업이기도 하다. 그런데 화자는 나비만 그리고 나비가 내려앉는 꽃의 자리는 일부러 비워 둔다. 꽃의 주가를 높이기 위한 전략이지만 실은 꽃의 빈자리에 "당신"을 앉히기 위한 배려에서다. 꽃의 자리를 예약해 놓은 "당신"은 "남국에서 온 왕처럼" 소중한 존재다.

물론 그는 실제로 권력의 상징은 아니다. 사랑하는 사람일 수도 있고 종교적 신일 수도 있다. 그런데 막상 그 묘연한 실체는 "화창한 뜨락에서 당신과 함께/완성된 그림을 볼 수 없어서/봄이 서러울 따름"이라는 구절에서 드러난다. 아직도 완성되지 못한 민주주의 때문에 봄이 와도 봄이 아닌 비상 시절, "당신"은 민주주의의 주체이면서 아직도 제자리를 찾지 못한 민중을 가리킨다.

그런데도 이 시는 목청이 높거나 호흡이 거칠지 않고 한용운의 「임의 침묵」처럼 지극히 서정적이다. 미흡한 현실에 대한 불만과 아픔을 누르고, 서정적 기조에 현실 개선의 리얼리티를 함축적으로 습합해 언어와 감정의 절제를 극대화하기 때문이다. 물론 "당신"을 민중이 아니라 사랑하는 임으로 읽어도 무방하다. 그러나 이 경우, 의미의 확장성은 멈추고 단순한 연애시로 그 파생력은 급감한다.

화자는 나비만 그리고 꽃의 자리는 비워두고, 미완의 안타까움을 빌려 "그리움"의 파이를 증폭시킨다. 시의 주제가 주어라면 그리움은 동사이다. 이처럼 김정원의 시는 절실한 그리움을 기조로 해서 그 대상을 미학의 주체로 승화한다. 그 그리움의 대상은 다음 시에서 "우리 아버지 어머니"로 구체화된다.

꽃은 농사 달력이다

조팝꽃 피면 조 심고

팥꽃 피면 파 심고
아까시꽃 피면 참깨 심고
밤꽃 피면 메주콩 심고
찔레꽃 피면 모 내고
자귀꽃 피면 장마를 대비하는
우리 어머니 아버지

작대기 놓고
1자도 모르지만
파종 시기를 놓쳐서
농사를 망친 적 없는

아주 어릴 때부터
흙과 하느님의 동무들이다

—「꽃달력」 전문

"찔레꽃 피면 모 내고/자귀꽃 피면 장마를 대비하는" 등, 농사의 적기를 세시기를 대신해 알람시계처럼 "꽃"이 일러준다. 꽃을 통해 고된 노동을 아름답게 순화하는 서정이 시의 핵심이다. 얼마나 순박하고 지혜롭고 아름다운 경험철학인가.

한편, 자연과 농사와의 밀접한 관계에 관한 시각은 차츰 "작대기 놓고/1자도 모르지만/파종 시기를 놓쳐서/농사를 망친 적 없는" 농부의 주체의식에 대한 관심으로 이동한다. 그러면서 신실한 리얼리티를 확충한다. "작대기 놓고/1자도 모르지만/파종 시기를 놓쳐서/농사를 망친 적 없는" "우리 아버지와 어머니"는 전형적인 남도의 농민으로 민중의 주체이다. "아주 어릴 때부터 흙과 하느님의 동무"인 농부는 흙, 하느님과 더불어 삼위일체를 이루어 온 이들이다. 동학의 '인내천人乃天'과 '사인여천事人如天'처럼 '농심은 천심'이라는 관점은 농민에 관한 김정원의 핵심 시각이다. 이는 그의 뿌리인 농부에 대한 긍지와 애정이 얼마나 순도 높은 생명철학에 기반하고 있는가를 실감케 한다.

다음 시 「무명 장갑 한 짝」에서도 농부의 지난한 삶에 대한 연민이 주조를 이룬다.

이름 모를 농부가
식구들 배부르고 등 따시게
과수원에서 땀 흘려 일하고

손 빠져나간,
엄지 끝에 구멍 난,
나무의 피가 되어가는
무명 장갑 한 짝

수없이 가지치기하고

수없이 거름 뿌리고

수없이 풀 뽑으며

젖어 살아온 수많은 날들

한겨울에도

눈물 배고 손금 닳고 닳도록

배를 가꾼다

―「무명 장갑 한 짝」 부분

화자는 배나무 아래서 발견한 무명 장갑을 통해 탐정과도 같이 추론적 의미망의 확장을 꾀한다. "수없이 가지치기하고/수없이 거름 뿌리고/수없이 풀 뽑으며/젖어 살아온 수많은 날들"의 지문이 담긴 "무명 장갑"은 예부터 '천하지대본天下之大本'으로 일컬어져 온 농사의 상징물로 이 시의 객관적 상관물이다. 화자가 무명 장갑 한 짝을 예사로 보지 않고 많은 생각을 기울이는 것은 거기에 농민의 피땀이 고여 있기 때문이다. 이처럼 김정원에게 "한겨울에도/눈물 배고 손금 닳고 닳도록/배를 가"꾸는 농민은 숭고하고 각별한 존재다. 그리고 이들을 향한 연민과 동지 의식이 시세계의 원초적 정서를 이룬다. 그에게 농민은 고향과 동의어로, 대동세상의 중추인 민중의 근간을 이룬다.

2.

김정원은 영문학을 수학했으며, 「토니 모리슨Toni Morrison 소설 연구」로 박사학위를 취득했다. 휴머니즘 시각으로 접근한 미국 흑인 정체성 탐구와 역사 인식이 논문의 핵심이었다. 이 부분은 그가 단순한 문학도가 아니고, 근원에 대한 천착과 더불어 그 실천적 방법론으로 휴머니즘을 탐구하는 시인임을 시사한다. 한편 앞의 두 테제는 그의 시적 성향과 방향을 지시하는 동인이자 바로미터다. 그중 '근원'은 사회적 공동체인 인간의 실존적 시원과 이를 뒷받침하는 사고, 철학, 이치의 궁극적 본질을 가리킨다. 한편, 사회적 일차 명제인 '휴머니즘'은 끈끈한 생명애를 바탕으로 한 정의, 자유, 평등, 상생의 보편적 실천을 가리키는데 구체적으로 참다운 민주주의의 실현, 인권 보호, 이웃 사랑으로 요약된다.

흙과 동의어인 농민을 준거로 한 민중에 대한 뜨거운 사랑은 꽃을 사랑하고 그 바탕인 흙을 순결한 언어와 소박한 정서로 노래하는 서정 시인을 치열한 참여시의 현장으로 소환한다. 이는 남도라는 역사적 특수성을 배경으로 하는 시인에게는 자연스러운 현상으로, 김정원도 서정시와 참여시가 공존하는 접점에 자진하여 자신을 배치한다. 그렇지만 그 시의 본질은 자연의 일원인 생명체로서의 평등한 공존에 대한 지극한 염원에 바탕을 둔다. 그리고 그 실현을 위해 인류 보편의 휴머니즘과 그 실천명제인 민주주의에 대한 주인의식에 충실할 따름이다. 그렇지 않고서는 그가 달갑지 않게 생각하는 정치 지향, 즉 문학의 외도라는 일각의 오해로부터 자유로울 수 없기 때문이다. 김정원의 시세계에서 서정과 현실 참여는 동종이형의 복합적 주제다. 서정이 밑변을 이룬다면 현실 참여는 이등변을 그린다. 여기에서 그는 시와 현실이 유리되지 않고 튼실한 하모니를 이루는 데 초점을 맞춘다.

아래의 시 「살아남은 자에게」에서는 직정적 목소리로, 그러나 감정의 폭과 수위를 조절해 가며 '어제의 기억'에 따르는 '오늘의 본분'을 강조한다.

> 지금은 프로메테우스 같은 영웅이 없다
> 정의와 평화를 위하여 불같이 싸우다가
> 용기 있는 자는 벌써 다 죽었다
>
> 솔직히 살아남은 자는 비겁하다
> 용기 있던 사자들에게 부끄럽게도
> 나는 비겁해서 살아남았다
>
> (중략)
>
> 어떠한 조건에서도 살아감이

대견한 구원이고
불의에 대한 저항이고
사회 부조리에 대한 통쾌한 복수임을
자각한 주체로

평범하고 닮은 이웃과 더불어
유구한 지구와 인간 역사를 이어가며
길고 안전하게 살아가는 당신도
프로메테우스 못지않은 영웅이다

–「살아남은 자에게」 부분

이 시의 배경은 '오월 광주'다. 화자는 시의 얼개를 "살아남은 자는 비겁하다"는 처절한 반성과 속죄에서 시작한다. 그러나 세상은 대의를 위해 장렬하게 목숨을 바친 "용기 있던" 이들 못지않게 그 밀린 과업을 완수하려고 살아남아 "평범하고 닮은 이웃과 더불어" "길고 안전하게 살아가는" 자들의 몫이기도 하다는 현실론을 제기한다.

김정원의 이웃 사랑은 비단 조국에만 머물지 않고 가족애→ 민중애→ 인류애로 범세계적 보편성을 띤다. 다음 시 「고故 고나갈라 무나우페르」는 스리랑카에서 온 외국인 노동자가 이태원에서 참변을 당한 비극을 인류애의 시각에서 조명하고 있다.

나는 스리랑카 사람입니다
이름은 고나갈라 무나우페르입니다
돈 벌려고 한국에 온 외국인 노동자입니다

어머니가 암에 걸려 치료비가 절실한
가난한 가장이기도 합니다
그래서 늘 어깨가 무겁지만
이태원 한 지하 쪽방에서
스리랑카 친구 셋과 형제처럼 우애하고
성실히 살아갑니다

술, 담배, 비싼 음식을 삼가고
오직 두툼한 예금통장 들고 귀향하여
웃음꽃 필 가족만을 생각하며
즐겁게 일하다가
어쩌다
2022년 10월 29일 저녁 이태원에 갔습니다

—「고故 고나갈라 무나우페르」 부분

이 시의 주인공은 "어머니가 암에 걸려 치료비가 절실한/가난한 가장"으로 돈을 벌기 위해 이국 행을 택한다. 그리고 "웃음꽃 필 가족만을 생각하며/즐겁게 일하다가" 모처럼 찾아간 이태원에서 뜻하지 않은 비극적 죽음을 맞는다. 이것이 사건의 핵심이자 종말인데 화자는 그저 안타까운 비극의 내레이터 역할을 할 뿐, 나머지는 독자들의 시각에 맡기고 있다. 더 이상 무슨 표현이 필요할까. 다른 첨언은 사족에 불과하다. 다산의 「애절양」이나 두보의 「동곡현에서」처럼 사건의 진실한 묘사만으로도 한 편의 절절한 시가 탄생한다. 한편 화자의 휴머니즘이 비판적 리얼리즘을 통해 분출하고 있는 이 시도 기본적으로 서정시의 기조가 그 바탕과 형식을 아우르고 있다.

김정원은 앞의 시 「살아남은 자에게」와 「고故 고나갈라 무나우페르」에서 분출하는 감정을 진솔하게 토로해 현장감을 고조시킨 바 있다. 이제 그는 절제와 함축, 사유를 방어기제 삼아 차분한 저음으로 거대담론의 실천적 각론을 내면화한다. 서정성은 한층 숨을 고르고 내밀한 안정을 유지한다.

> 더덕 덩굴이 공손하게 손 내민
> 장미에는 억센 가시가 나 있다
>
> 그런데도 더덕 덩굴은 향기 품어
> 가시 돋친 벗을 돌돌 감싸고
> 바람에 쓰러지지 않게 함께 오른다
>
> 강함에 굴복하지 않고 옳음으로

강함을 안고 넘는 유연함이
진정한 강함이라고

자기를 찌른 칼을 오래 품어
자기 살이 되게 하는,
성인 같은 흙처럼

그 둘레에는
풀벗들이 무성하다

―「오월의 뜨락」 전문

제목이 '오월의 뜨락'이다. 오월은 '기억의 시간'이지만 뜨락은 '미학적 한가閑暇의 공간'이다. 언뜻 보아 이미지가 상충하는 점이 있다. 그런데도 화자가 제목을 그렇게 정한 것은 오월의 아픈 기억을 자연이라는 평온한 공간에서 치유하고, 깊고 높게 승화하기 위해서다. 여기에서 '깊게'는 의미의 일상화를, '높게'는 가치의 보편화를 뜻한다.

화자는 "더덕 덩굴은 향기 품어/가시 돋친 벗을 돌돌 감싸고/바람에 쓰러지지 않게 함께 오른다"며, 난관 속에서도 굳건한 공동운명체를 강조한다. 이어서 살 떨리는 분노와 원망을 차분히 가라앉히고 "강함에 굴복하지 않고 옳음으로/강함을 안고 넘는 유연함이/진정한 강함이라"는 전략적 지혜를 제시한다. 살아남은 자들이 나아가야 할 최선의

선택지를 제시한 것이다. 이와 같은 논조는 "자기를 찌른 칼을 오래 품어/자기 살이 되게 하는/성인 같은 흙"을 닮자는 대목에서 정점에 이른다.

김정원은 그가 지향하는 시의 갈래를 세분화할 때 큰 망설임 없이 꼽게 되는 전형적인 서정 시인이다. 더 정확히 표현하자면 사회 참여적 리얼리티를 동반하는 미래지향적 서정 시인이다. 남도를 배경으로 한 그의 시적 특질을 한마디로 요약하면 '건실한 감성의 근육'이다. 그에게는 남도 고유의 전통적 정한과 그에 따른 역동적 흥이 체화되어 있는데 거기에서 건강하고 참신한 감성이 정제되어 분출한다. 언뜻 '정제'와 '분출'은 상치된 개념일 수 있지만 김정원의 감성은 이 두 방법론적 대립 기제의 조화 말고는 마땅히 설명이 어려운 특성을 지닌다. 감성의 내면은 평온하고 청정하게 정제되어 있지만 그 표현은 일사불란의 응집력을 지니며, 때로는 결연한 기상으로 역동화되기 때문이다.

3.

김정원의 시에서는 신실한 사유가 진솔하고 담백한 서정미학을 뒷받침해준다. 서정이 강물이라면 사유는 강줄기다. 그의 사유는 함축과 절제를 통해 내밀한 함의와 울림의 진폭을 확장한다. 사유의 본질은 치열한 탐구의 산물인 직관과 사물에 대한 따스한 시선으로, 그 실상은 서구의 '코기토(cogito)'보다 동양의 '격물치지'에 가깝다.

그는 논리의 변증법적 꼬리 물기에 급급한 막연한 인식론보다 생활과 밀접한 일상의 실천철학을 중시한다. 나아가 수행자에 가까운 성찰적 시각에서 사물과 조우하고 거기에서 일상의 지혜를 도출해 낸다. 그리고 이를 녹여 시에 담아낸다. 이때 현학적 치장이나 섣부른 기교는 철저히 배제된다. 특별한 형식이나 장치와는 일정의 거리를 둔 그의 시는 자연스럽게 읽히면서도 깊고 잔잔한 여운과 가슴을 적시는 메시지를 선물한다. 그러면서도 자신만의 순결한 아우라를 발산한다. 그렇다고 시에 담긴 의미를 의식적으로 강조하거나 교훈적 독해를 독자에게 강요하지 않는다. 그의 시에 공감하며 시 속의 화자와 대화를 나누는 것은 순전히 독자들의 몫이기 때문이다. 독자들에 의해 그의 사유는 뿌리를 더욱 견고히 다지며 사회적 가치와 그 동력을 내재화한다.

나아가 김정원은 중학교 때 미술 선생님의 가르침을 통해 성찰적 시론과 인생론을 밝힌다.

> 한꺼번에 여러 색을 섞으면
>
> 색이 혼탁해지니까
>
> 특히 주의하라

붓을 물에 깨끗이 씻고 진득하게 기다렸다가
도화지에 물감이 다 마른 뒤에
차분히 덧칠하라
그래야 밑그림이 산뜻하게 살아난다고

이제야 천장에 또렷이 살아나는,
밑그림처럼 산뜻하게 창작하고
덧칠하듯 두텁게 생각하며 살라는,
웅숭깊은 가르침!

많은 사람을 만나고
꽹과리 소리 나는 말이 넘쳐흘러
공허하고 고독한 날
집에 돌아와 침상에 누워서 쳐다보니

사람과 말을 적게 섞고
고요한 마음으로 강산을 거닐면
내가 그리고자 하는 생 그림이
순간마다 발자국마다
웃는 아기의 앞니같이 돋아나는 것을

—「수채화」 부분

화자는 "한꺼번에 여러 색을 섞으면/색이 혼탁해지니

까/특히 주의하라"는 옛 스승의 가르침을 되새긴다. 마치 무분별한 해체, 혼성 모방, 모자이크식 짜깁기, 다양성을 빙자한 혼돈 등, 포스트모더니즘의 일부 부정적 현상에 대한 경고 같다. "붓을 물에 깨끗이 씻고 진득하게 기다렸다가/도화지에 물감이 다 마른 뒤에/차분히 덧칠하라/그래야 밑그림이 산뜻하게 살아난다"는 구절 또한 정체불명의 모호한 시들이 난무하는 풍토 속에서 서정적 리얼리티를 추구하는 자신의 시풍에 대한 재확인을 스스로에게 주지시키고 있다. 이어서 "사람과 말을 적게 섞고/고요한 마음으로 강산을 거닐면" 비로소 "그리고자 하는 생 그림이" "발자국마다/웃는 아기의 앞니같이 돋아"난다는 대목은 그의 시세계가 추구하는 본질과 목표를 확연히 재정리해 보여 준다. 화자가 그리고자 하는 그림, 즉 그가 쓰고자 하는 시는 혼탁한 언어와 그에 따르는 정서의 퇴화를 가다듬어 본연의 문법을 재정비하는 데 있는 것이다. 궁극적으로는 시비를 떠나 고요한 본성을 되찾아 누리는 자연의 진경 속에 자아의 거처를 마련하고자 한다. 한 편의 시를 완성하면서 화자는 어느덧 달관의 경지에 이르고 있다. 이와 같은 기조는 다음 시, 「향수병」에서도 계속된다.

김정원의 시에서 그리움은 에너지원이자 감성의 모태이다. 그리움의 화필로 그려가는 「향수병」은 그의 시가 추구하는 궁극적 본질을 자연친화적 은유를 통해 형상화하고 있다.

작달비 쏟아지는데
새 한 마리 날아간다

화창한 날보다 두 배로
힘들여 날갯짓한다

한 치 앞이 안 보이는
무거운 잿빛 하늘에

유일한 안내자는 고향으로
지남철처럼 끌어당기는 그리움

길도 없는
끝없는 길에서

머리에 떨어지는 빗방울을
진군 북소리 삼아

자기를 찾아 완전한 귀향으로
새 한 마리 날아간다

—「향수병」 전문

고향과 자아는 본질적 일체로 분리될 수 없는 공간과 그 주체다. 고향은 자아가 돌아가야 할 귀의처이며 자아는 그 공간을 주관하는 주체적 존재이다. 이 시에서 고향은 단순한 생장지가 아니라 근원적 장소다. 기독교식으로 이야기하자면 실낙원인 에덴동산에 해당한다. "완전한 귀향"은 궁극적 귀의처에 이르는 것, 영원한 구원의 처소에 안주하는 것을 가리킨다. 이는 자아의 완성과 맥을 같이한다. 그리움은 거기에 이르는 동력이다.

그러나 그곳은 "길도 없는/끝없는 길에서//머리에 떨어지는 빗방울을/진군 북소리 삼아" 가는 고난의 여정이다. 그렇다고 절망적인 것만은 아니다. "자기를 찾아 완전한 귀향으로/새 한 마리 날아간다"는 마지막 행의 반전이 뒤를 받쳐주기 때문이다. 화자는 자기를 찾아가는 귀향길에 새가 되어 날아가는 생동감을 부여해 심층적 희원을 분기奮起시킨다. 이렇듯 김정원의 이번 시집 『아심찬하게』는 시 「향수병」에 이르러 치열한 구도행각의 방점을 찍는다. 요컨대 시인들은 영원한 구도자라는 명제를 새삼 되새기게 한다.

김정원의 세계관과 가치관은 동양사상에 바탕을 두고 있다. 그 핵심인 유가적 성실과 절제, 노장의 자연친화적 사유는 그의 시세계를 견인하는 정신적 기조를 이룬다. 이에 따른 사회 정의와 인간애에 대한 천착, 극진한 남도 사랑은 따뜻하고 건실한 인간관계의 실천적 덕목으로 작용

한다. 그 강도와 밀도는 신앙적이라 할 만큼 견고하고 신실하다. 실존의 주체와 인격의 요체로 동양의 정신문화가 뿌리깊이 작동하기 때문이다. 그는 대개의 지식인들이 철학, 예술, 문학, 문화 등 인문학 전반에 걸쳐 서구 편향적 경향을 보이는 기류 속에서도 의연히 자신의 정신적 뿌리를 견고히 다진다. 그리고 그 특장特長을 묵묵히 강화한다. 여기에서 새삼 그의 근원에 대한 애착과 긍지, 신앙적 소신을 되읽게 된다.